LOCAL HEROES

HIER WIRD DIE SAU GESCHLACHT...

Gaststätte Hanse

bluna

KLEI MI ANNE MORS!

Die Deutsche Bibliothek verzeichnet diese Publikation in der Deutschen Nationalbibliografie; detaillierte bibliografische Daten sind im Internet über http://dnb.de abrufbar.

Schmidt, Kim:
Die Local Heroes Band 19, Landeier, Dollerup: Flying Kiwi Verl. 2018
ISBN 978-3-940989-35-2

Die Local Heroes erscheinen regelmäßig u.a. in allen Zeitungsausgaben des SH:Z und im Bauernblatt Schleswig-Holstein

Flying Kiwi Media GmbH
Schulstr. 5
24989 Dollerup
Tel.: (0 46 36) 97 68 299, Fax: (0 46 36) 97 68 298
Email: info@flying-kiwi.de

Erste Auflage 2018

Druck: Druckhaus Leupelt, Handewitt
Innenteil gedruckt auf Recyclingpapier

Besuchen Sie uns auch im Internet unter
www.flying-kiwi.de
www.flying-kiwi-shop.de
www.kim-cartoon.com
www.comiczeichenkurs.de
www.guellerup.de
www.facebook.com/kimschmidtcartoons

ABER HANS-WERNER: WER SOLLTE DICH DENN STALKEN?

WIR BEREITEN UNS VOR AUF
DIE WINTEROLYMPICS IN KUHREA!

NA? KEIN SCHNEEFREI HEUTE?
Kiw

DER LEHRER HAT GESAGT, MEIN ZEUGNIS IST UNTER ALLER SAU!
GANZ DER PAPA!

AUFGRUND DES EKLATANTEN FACHKRÄFTEMANGELS NUTZEN WIR BRANCHENÜBERGREIFENDE SYNERGIE-EFFEKTE!

GEILES KOSTÜM!
JO, OBER MÖGA -UNBEQUÖM!

GÜLLE
ALAAF!

UNSER LÜTTER IST HOCHBEGABT!

FASTENZEIT?
7 WOCHEN
OHNE ARBEIT!

WAS MACHEN DIE DENN DA MIT IHREN BABIES?
Kinn

SEH TO NU!
DE KOMEN AL!

EIN KOLLEGE HAT MIR SEINE DIENSTKLEIDUNG GEBORGT!

TUT MIR LEID: NACH OSTERN IST DER
RÜCKBILDUNGSGYMNASTIK-KURS
IMMER KOMPLETT AUSGEBUCHT!

SCHMEISST EUCH IN POSE, MÄDELS!
DA KOMMT DER NÄCHSTE RASER!
POLIZEI

HEUTE IST GIRLS DAY!
KIM

SCHÖN, ODER? ENDLICH KANN MAN WIEDER RAUS, IN DEN GARTEN, AN DEN BUSEN DER NATUR!

SO... IHR EINGANGS-
GEWICHT WAR...
ERD-
BEEREN
ZUM SELBER-
PFLÜCKEN
2,99/kg

URLAUB IN DÄNEMARK KÖNNEN WIR WOHL ERSTMAL KNICKEN, LEUTE!

SCHWEINEHEISS
HEUTE, NE?!?

WIR HABEN AUCH NUR
DAS NÖTIGSTE MIT!

112
HALT DURCH, KUMPEL! HILFE IST UNTERWEGS!

VERSTEHE: ERST KAMEN DIE EISHEILIGEN, DANN DIE KALTE SOPHIE, DIE SCHAFSKÄLTE, DER SIEBEN-SCHLÄFER... UND WAS KOMMT DANN?
DENN KÜMMT WIEHNACHTEN!

KOMMT REIN!
IHR WERDET JA
GANZ NASS!
KÜNZ

GUCK MAL: BEI DER WAR DER BOCK AUCH SCHON DRÜBER!
KIM

ALLES BELEGT - ABER AB 22.30 UHR HÄTTE ICH NOCH PLÄTZE FREI!

MEIN HASSO
KANN JA NICHT LESEN!
HUNDE BITTE AN-LEINEN
DLRG

RIECH MAL: DA GRILLT DOCH EINER!

ICH BEGRÜSSE SIE ZUR HEUTIGEN WANDERUNG "RUNGHOLT - VERSUNKENE PERLE IM WATT"!
Kim

HÖMMA, KOLLEGE: WIR WOLLEN BADEN, ABER HIER IS KNOCHENTROCKEN!
TSCHA... WIR HATTEN WOCHENLANG KEINEN REGEN!

FAHREN SIE ZUFÄLLIG
IN DIESE RICHTUNG?
OLAND

WIR MACHEN URLAUB ZUHAUSE!

GUCK MAL! DAS MUTTER-TIER KALBT!

UND DAS HIER IST DER BLANKE HANS!

WIR HABEN
HIER JETZT AUCH
MITFAHRBÄNKE!
OLAND
HOOGE

DU, DAS IST GAR KEIN KLO-HÄUSCHEN!
INSEL-MAUT
TAGESTICKET
OLAND 0,50
LANGENESS 1,50
HOOGE 2,00
PELLWORM 4,00
FÖHR 10,00
SYLT (AUF ANFRAGE)

GANZ SCHÖN TRÜBE HEUTE!
KEINE SORGE! DAS WETTER ÄNDERT SICH HIER OBEN SCHNELL!

HALLO? GLORIA
-VERSICHERUNGEN?
SPRECHE ICH MIT
DER ABTEILUNG
FÜR STURMSCHÄDEN?

NA, FREUT IHR EUCH DENN AUF DIE SCHULE?
NÖÖÖ!!!
JAAA!!!

ICH FREUE MICH, MEIN WERK BEI DER DIESJÄHRIGEN NORD ART PRÄSENTIEREN ZU DÜRFEN!

HOPPLA! ICH GLAUB, DIE EINLADUNG
ZUM ERNTEBALL KÖNNEN WIR VERGESSEN!

HIER AUF DEM LAND,
INMITTEN DER NATUR,
DA KOMMT MAN SICH
PLÖTZLICH SO KLEIN
UND UNBEDEUTEND VOR...

WER HAT BOCK MIT ZUR NORLA?
Mitfahrbank
RENDSBURG

SEID IHR NEU HIER?
MELKEN IST MORGENS UND ABENDS
UM SECHS. DANACH GIBTS FUTTER!

GLASFASER
NETZAUSBAU
INKL.
ERDARBEITEN
UND HAUSANSCHLUSS
INFOABEND
DIE ERDARBEITEN KRIEGSTE BEI MIR ZUM HALBEN PREIS!
Kim

MI DÜNKT, DAT GIFFT NOCH MEHR REGEN!
KIM

IMMERHIN IST DAS PARKEN AUF DER MOLE IN DER NEBEN-SAISON KOSTENFREI!
KIM

EIN WETTER
WIE ZU WEIHNACHTEN!

GNIJiiJiii...
GNIJiiiJiiJiii...
GNIJiiJi...
DU MUSST VORGLÜHEN!
PUNSCH

HAPPY
NIKOLAUS!

WAS KOMMT DENN BEI EUCH
HEILIGABEND AUF DEN TISCH?

NICHT SCHIESSEN!
WIR KOMMEN RAUS!

WAS HAST DU DRAUSSEN GEMACHT?
ACH NICHTS ...
FROHE WEIHNACHTEN

MORGEN IST DER QUATSCH VORBEI!

NA... AUCH GUTE VORSÄTZE?